KB092300

그리움의 조각들

김민지 제2시집

시인의 말

저의 시는 그리움에서 파생된 언어들로
쓰였다고 해도 과언이 아닐 만큼, 그리움과의 사투로 얻은 결정체입니다.

주로 고요한 새벽을 빌려 쓴 시 속에서 혼자만의 사색과 추억하며, 대상이 허상일지라도 상상력을 동원해서,
잠재된 단어들을 툴툴 털어내어, 그리움들을 한 자 한 자 나열하였습니다.

굳이 고급스러운 단어를 찾아 헤매지는 않았습니다. 제가 알고 있는 쉬운 단어들로 독자들의 감성에 더욱 밀접하게, 그리고 짧은 시간에 스며들게 하고 싶었는지도 모르기 때문입니다.

1집을 출간하고 아쉬움이 많았습니다.
늘 그렇듯 앞으로도 만족일 때가 있을까 싶을만큼
항상 부족하지만, 가끔 SNS에 시를 소개하면 부족한 글임에도 불구하고, 늘 응원해 주심에 힘입어서 다시 2집을 출간하였습니다.

그리고 1집에 소개된 "꽃이 질 때 이별하지 마세요"와
이번 2집에 담긴 원제 "그리움의 조각들"이 "뚝 떨어져"라는 제목으로, 가수 허만성 님의 4집 음반에 실리게 되었습니다. 시가 곡을 입어 노래로 만들어져서 사람들의 목소리를 통해 불리게 되는 영광을 안았습니다.

아무쪼록 1집에 이어 2집도 많은 관심과 사랑을 부탁드립니다.
여러분들과 조금 다른 각도에서 바라본 사물의 생김과 느낌을 비교해 보시기 바랍니다.
끝으로, 날마다 하나님으로부터 나온 은혜로 살아가고 있음을 고백합니다. 독자 여러분의 가정의 평안과 하시는 모든 일이 평탄하게 이루어지길 소망합니다.
감사합니다.

시인 김민지

안동에 시심을 심는 김민지 시인

사람이 자신을 소중히 하면서 자아존중감을 가지고 살아가는 사람이 얼마나 될까 하는 생각을 해본다. 시인이 자신을 사랑하고 자신이 하는 일과 행동에 책임을 지고 또한 그러면서도 서로 공감할 수 있는 작품을 만들어 내는 일은 어려운 일이다. 시인이 사물을 보고 자신의 기대 수준보다 광범위하고 포괄적인 긍정 또는 부정적인 평가를 의미한 이미저리를 만들어 내는 능력을 갖춘 사람을 시인이라고 한다. 김민지 시인은 그런 능력을 골고루 갖춘 시인이라는 생각이 든다. 안동에서 국밥집을 운영하면서도 시를 짓고 국밥을 말아낸다. 여러 가지 재료를 섞고 사랑을 듬뿍 담아내야 맛있는 국밥이 되듯이 詩 또한 그러하다. 시인이 어떤 재료를 섞었는지에 따라 독자가 공감하고 그 작품으로 인해 대리만족할 수 있는 작품이 만들어질 것이다.

김민지 시인의 작품은 여러 가지 선이나 색채로 평면상에 형상을 그려 내는 한국적인 아름다움과 회화적인 이미지로 표현하고 있다. 이런 능력은 시인이 세상을 보는 눈과 心眼이 남다른 감성을 지녀야만 가능한 일이기 때문이다. 김민지 시인 첫 시집 “꽃이 질 때 이별하지 마세요”에서 보여준 시심이 있기에 많은 독자층을 가지고 있듯 이번 2집 “그리움의 조각들”에서도 활발한 활동을 엿볼 수 있다. 시인의 작품이 노래로 만들어져 더 많은 독자 곁으로 다가서면서 시를 낭송시로 만들어 영상과 함께 활자로 보는 시에서 귀로 듣고 눈으로도 감상하는 여러 장르의 시문학활동으로 안동지역에서 김민지 시인의 인지도를 높여가며 활발한 활동을 하고 있다. 이번 2시집 “그리움의 조각들” 로 인해 시인은 전국적으로 작품성을 인정받는 계기가 되리라 믿는다. 김민지 시인의 2시집 “그리움의 조각들” 출간을 축하드리며, 안동에 김민지 시인을 사랑하는 독자와 함께 기쁜 마음으로 추천한다.

사단법인 창작문학예술인협의회 이사장 김락호

QR 코드

스마트폰으로 **QR** 코드를 스캔하면
시낭송을 감상할 수 있습니다.

제목 : 꽃이 질 때 이별하지 마세요
시낭송 : 최명자

제목 : 가을바람이 불어오면
시낭송 : 박영애

1. 봄

2. 여름

3. 가을

4. 겨울

5. 그리고,,, 그리움의 조각들

1. 봄

마른 가지 새싹
품던 날
봄이다 환호하니

새벽 찬바람
창문을
덜컹대어 내 가슴

덜컹덜컹

봄. 올 듯 말 듯

마른 가지 새싹
품던 날
봄이다 환호하니

새벽 찬바람
창문을
덜컹대어 내 가슴

덜컹덜컹

마른 가지 새싹
뿜던 날
이젠 봄인가 하니

밤바람 차더니
처마 끝
고드름 달려 내 심장

덜렁덜렁

봄 눈과 겨울 눈

봄 눈은 새싹을 틔운
자리에 걸터앉지만
겨울 눈은 텅 빈 가지뿐이라
기댈 데가 없어 더 외로워 보입니다

봄 눈은 소리 없이
살포시 내려와 앉지만
겨울 눈은 거센 바람과 함께
부산스레 달려와 세차게 흩날립니다

봄 눈은 고운 떡가루 같아서
소복이 쌓이면 포근해 보이지만
겨울 눈은 까칠한 동장군이
옴짝달싹 못 하게 꽁꽁 얼어붙게 합니다

봄 눈은 슬며시 다가와
가슴만 콩콩 뛰게 하지만
겨울 눈은 요란스레 다가와
추억들을 들추어 맘을 뒤숭숭하게 합니다

봄이 다가옵니다

겨우내 동침한 이불을
뽀얀 햇볕과 말간 바람에 말려
켜켜이 쌓인 정을 툴툴 털어낼 때
성큼성큼 봄이 다가옵니다

얼어붙은 계곡 얼음장 밑으로
동면에 숨었던 생명이
기지개를 켜고 하품하는 소리가
요란해질 즈음 봄이 다가옵니다

갈증이 난 가지에 이슬이 내려앉아
촉촉이 목을 적셔주어
빠끔빠끔 새싹들이 눈을 뜰 즈음
서서히 봄이 다가옵니다

빈 가지에 봄이 앉다

때 이른 봄기운에
꼭꼭 닫혀 있던
창을 열었다

빈 나뭇가지 사이로
하늘빛이 새어들어
향기롭다

파란 하늘엔
은회색 나뭇가지가
조화롭게 구도(構圖)를 잡고

마른 가지엔
겨울이 녹아 촉촉해지니

자로 잰 듯 일정한 간격으로
싹이 터올라

겨울나무 빈 가지에도
봄이 내려앉았다

봄 길을 걸어요

자박자박 꽃향내 나는
봄 길을 걸어보아요

풀벌레가 마중 나와
고갤 내밀어요

이름 모를 들꽃도
환한 미소로 반기네요

노랑나비도 나풀나풀
내 어깨 걸터앉아요

지절지절 새소리는
걸음에 박자를 맞추네요

졸졸졸 흐르는 시냇물은
끝이 어딘지도 모르고 흘러만 가고

하늘을 떠다니는 구름도
알록달록 봄꽃에 물들어

해 질 녘엔 얼굴이
온통 발그레해졌어요

갈 길이 바빠졌나 봐요
어느새 해는 뉘엿뉘엿 기울어

제집으로 줄행랑치네요
봄 길을 같이 걸어요

봄바람

봄바람이 살근살근 꽃가지를 흔들더니
꽃잎이 나풀나풀 나비가 되었다

봄바람과 동행한 봄 햇살은
가지 사이를 비집고 들어와 앉았다

애타게 기다리던 봄의 전령은
햇살만 한 닢 베어 물고 달아나 버렸다

나에게 다가온 봄바람은
백옥같이 하얀 목련에 스치어간다

꽃봉오리

마른 가지
맨살에
봄 햇살이 휘감기어
송골송골 맺힌
꽃망울 되고

따사로운
속삭임에 넘어가
터질 듯 말 듯
한껏 부푼
꽃봉오리 되었다

산책 (봄)

따사로운 햇살로 몸단장하고
봄꽃 향내 콧속을 간질인다
사푼사푼 조심히 풀벌레 놀랄까
해 그림자에 발을 맞춘다

실개천 끼고 난 작은 오솔길 사이로
자박자박 걷다 보면
노란 개나리 발한 빛이 눈부셔
시야를 가린다

커다란 고목 군데군데
파릇파릇 피어오른 새순들이
잠시 쉬어가라는 눈치다

혹한을 겪고도 꽃봉오리들이
천연덕스럽게 고요히 앉아
봄 맞을 채비를 하고 있다

봄을 서성이며

봄이 큰 걸음으로
성큼성큼 다가오면

고목의 그루터기에조차
움이 트고

햇살의 입맞춤에
나뭇가지들은 늘어져

무거워진 팔의 무게의
버거움도 감당해야 하는데

나의 봄은 어느 만큼
온 것일까

무겁게 짓누르고 있는
겨울을 걷어내지 못하고

봄의 문턱에서
서성입니다

봄 내음을 품다

부지런한 농부의 밭에는
미리 뿌린 씨앗들로
이미 봄이 덧씌워져
초록이 깔렸고

지금 봄을 준비하는
농부의 밭에는
같은 간격으로 줄을 그어
황무지와 밭을 구분해 주었다

땅속에서 뿌리만
간직했던 쑥과 냉이 달래는
봄 향내를 뿜어내며
서서히 상체를 드러내고

봄마중 나온 아낙의
바구니에 싹둑싹둑
솎아낸 봄 내음과
행복을 주워 담았다

오늘 저녁 밥상 위에는
봄이 옮겨다 놓은 진수성찬에
식구들이 봄 내음을
온몸에 품게 될 것이다

그리다 만 풍경화

산과 들에는 다문다문
피어오르는 꽃망울과 꽃송이를
그리다 말았고

가로수는 새록새록
돋기 시작한 초록 잎사귀들도
그리다 말았다

강 위를 얼기설기
떠다니는 하얀 솜털 구름을
그리다 말았고

저 먼 동네 띄엄띄엄
집들 사이로 둘러싼 벚꽃들도
그리다 말았다

4월에 들어선 초봄의 색채는
봄을 그리던 화가가
그리다 만 풍경화

노란 별꽃

길을 가다 양(兩)길 옆으로 늘어선
노란 별꽃을 보았습니다

하늘에서 개나리꽃에
황금빛 햇살을 실어 보내

샛노랗게 물들여 놓아
노란 별꽃이 되었어요

길가는 행인들이
노란 별꽃 위에다 찰칵찰칵

동심을 포개어 얹어
추억을 담아 갑니다

비 님이 오십니다

좀 귀찮아지긴 해도
이 비가 풍년을
기원하는 농부에겐 고마운 비입니다

우산을 잡은 손이
조금 불편하긴 해도
자연에 생명을 이어주는 단비입니다

맘이 울적해 지지만
팍팍한 일상에도 감성을 적셔주어
가슴이 따뜻해지는 사랑 비랍니다

잠시 현실에서 벗어나
과거 속으로 들어가서
추억을 되살리게 하는 그리움의 비랍니다

그래서 비 님이 오십니다

봄 속으로 가슴 스미다

언 땅이 품었던 새싹들이
봄 마중에 왈칵 뿜어져 나와

여기저기 불쑥불쑥
고개를 내밀었다

땅 위로 돋아난 새싹에
따사로운 숨결이 느껴진다

초록에 호사로워
내 심장도 콩닥콩닥 두근두근

봄 속으로 가슴 스미다

꽃비

벚꽃 거리
여기저기에서 흩날리던 꽃비는

가랑비와는 달리
가랑가랑 내려도 젖지 않지만

대신 심술궂은 새 찬 바람이
흔적도 없이 쓸어가 버리더군요.

화려했던 벚꽃들의 잔치는
열흘도 채 되지 않아

우리들의 가슴만
들썩이게 해놓고 떠나 버렸습니다

꽃잎이 떠난 자리엔 무성해진 초록이
그늘을 내어주어 허전함을 덮어줍니다

2. 여름

따닥따닥 따다닥 따다닥
한여름 밤에나 들릴 듯한
모닥불 타는 소리가
동에서 오르는 태양에서도
들려오는 듯하다

새벽 안개

이른 새벽
안개로 축축해진 거리를
사뿐히 걸어 본다

길가에 핀 꽃과 풀 나무도

안개 한 모금 머금고
큰 숨 한번 내 뿜는다

나도 따라 맑은 공기
한 모금 마시고
숨 한번 내쉬어 본다

안개가 자욱할 땐
한 치 앞도 모르는
내 삶과도 같다

한 발 내딛는 것이 불안하다
그 한발이 전진인데

세상살이 용기없이
비겁해짐을
안개 탓으로 돌릴 텐가

새벽안개 걷히면
어두웠던 내 마음도
함께 걷히우면

아침에 뜬 달

아침에 달이 떴다
하얀 구름 속으로
뽀얀 달이 보일 듯 말 듯
동그란 미소 짓고 떠 있다

태양이 슬며시 다가서니
금세 바알갛게 물든 얼굴 보일까
구름 뒤로 얼굴을 묻는다

밤이 다 새도록 임의 얼굴 그렸던
선명한 자국과
밤이 다 새도록 애타던 그리움도
가슴에 묻은 채로

달은 태양이 부끄러워
낮 속으로 숨어 버렸다

사랑비

내 안에 애잔한
슬픈 사랑의 노래가 있다면
사랑비의 선율(旋律)에 맞추어 들어 보세요

내 안에 전하지 못한
애틋한 그리움의 시가 있다면
사랑비의 멜로디에 담아 띄워 보내 주세요

내 안에 만나지 못한
보고 싶은 얼굴이 있다면
사랑비 내려앉은 유리창 위에 그려보세요

비에 젖은
말간 내 님 얼굴 춥지 않게
뽀얀 내 입김 불어 따뜻하게 데워드리세요

물을 머금은 무언가는...

물을 머금은 나뭇잎은
초록이 더욱 짙어 더 아름답더라

물을 머금은 꽃잎은
선명하여 더 눈부시더라

물을 머금은 사람도
맑아져서 더 예쁘더라

물로 갈증이 해갈된 세상은
촉촉함이 있어 더 편안해 보이더라

비가 되어 내려주는 내 그리움은
내 가슴을 적셔주어 더 그립더라

백일홍

해마다 7월 이때쯤
2층 주방 옆에 뚫린 창을 열면
홍조 띤 얼굴로
나를 향해 환하게 웃어주는 붉은 꽃이 있다

맨 가지에 푸름만 무성하여
붉은색을 내어 주기 전까지는
눈길도 채 주지 않았다가

잎사귀 사이 가지 군데군데에
붉은빛이 감돌기 시작하면
나도 모르게 하루가 멀다고
창부터 열어젖힌다

여린 꽃잎이 백일을 버틴 게 아니란다
열흘을 열 번이나 피고 지고 피고 지어
백일동안 피어있는 것처럼 보이는 것이란다

그저 주어진 기쁨 중에 한가지….

꽃 잔치

밤사이 고운 걸음 사뿐히 다가온
가뭄의 단비는
목마른 땅
목마른 나무
목말라 하는 꽃송이에도
고루고루 해갈이 된 듯

촉촉해진 꽃송이는
말간 얼굴을 하고
붉은 입술을
삐죽이 내밀었다

팔이 늘어지도록 빼곡히 들어찬
각양각색의 꽃들은
잔칫날 밥상처럼
빈틈없는 진수성찬에
나뭇가지가 휘어진다

세상살이 힘에 겨운 사람들
잠시나마 맘껏
향에도 취하고
멋에도 취하고
아름다움에 취해 보라는
작고 소박한 기쁨이로다

무지개

일곱 빛깔 고운 무지개는
천사의 수줍은 눈웃음

걸음이 타박타박해질 즈음
살며시 다가선 해맑은 미소

일곱 빛깔 고혹한 눈웃음은
불볕더위에 지쳐있던 심신에

사월에 내려앉은 눈꽃이
봄 햇살의 입김에 녹아내리듯

힘없이 스러지며 그렇게
사르르 사르르 녹아내렸다.

타박타박 : 조금 느릿느릿 힘없는 걸음으로 걸어가는 모양

여름 아침

따닥따닥 따다닥 따다닥
한여름 밤에나 들릴 듯한
모닥불 타는 소리가
동에서 오르는 태양에서도
들려오는 듯하다

시원하게 와 닿았던 새벽바람도
불덩이에 금시 데워져서
살갗에 따갑게 쪼여 들어
땀샘을 비집고 나온 열기가
뭉근한 아침이다

뙤약볕에서 수백 도의
아스콘을 꾹꾹 눌러 도로를 고르는
인부들의 노련한 손놀림은
땀의 무게로 흠뻑 젖어
등에 찰싹 달라붙어 있다

무전취식

이른 아침 동(東)이 밝아 올 무렵
창문 저편의 미세한 움직임에
시선이 멈추었습니다

검은 피(皮)를 두른 전선 위에
체구가 아주 작은 새 두 마리가
발가락을 구부려 전깃줄을
꼭 붙잡고 앉아 있었습니다

하도 반가워
두 녀석들 움직임을 유심히 바라보니

이 녀석들이 밤마다 내게 문안 들었다
잠이 들어버린 나방들을
주섬주섬 입에 넣으며
배를 채우고 있지 뭡니까

제가 잠시 한눈팔다 시선이
다시 그곳에 멈췄을 땐
이미 내 창문에 잘 차려진 진수성찬을
말끔히 해치운 뒤였습니다

녀석들은 온데간데없이
자취를 감추었고
그렇게 녀석들은 내 집에서
무전취식이란 걸 한 게 아닙니까

달무리

뿌연 추억들이
달 언저리에 모여들어

말갛던 달님을
흐리게 물들였다

맑은 달 속엔
너무 또렷한 그리움이

맑은 달 속에는
너무 많은 그리움이

내 기억을 아련한
추억 안으로 들여다 놓아서

달무리 진 뿌연 기억만 데려와
날 붙잡아 놓았다

꽃잎이 머물던 자리

짙어져 가는 초록 잎들 사이로
활짝 핀 꽃이 벌 나비에
꽃술 내어주면
시든 꽃잎 밀어내고
앳된 열매가 제 몸을 드러낸다

신비로운 자연에 탄성이 쏟아지고
영글어질 열매가 주는
풍요로움에
가슴도 벅차 부풀어 오른다

먼저는 초록 열매로 첫 대면을 하지만
붉은 태양을 전해 받아
투영되면
각자의 색채(色彩)로 짙어져
소담스런 열매로 아람 되어 반기리라

아침

어둠을 몰아내고
서서히 아침이 오려는 듯
밝아오는 하늘빛 사이로
양심의 죄들이 드러나려 한다

어둠 속에 꾹꾹
밀어 넣었던 거짓과 위선들이
떠오르는 태양 앞에서
모두 녹아들어 민낯을 드러낸다

3. 가을

이 가을은
뽀얀 조각구름 사이로
때때로 보이는 햇살에 물이 들어
샛노래진 금빛 은행잎들이 더욱 화사합니다

산들바람에 살랑살랑 흔드는
코스모스의 가냘픈 몸짓은
한층 더 아름다워진 색채로
눈시울이 뜨거울 지경입니다

가을이 여름 추억을 나른다

한여름 바닷가 뙤약볕에서 새겨진
청춘들의 사랑과

여름 밤하늘 별 언저리에 뿌려둔
달콤한 추억도

하얗고 몽실몽실한 구름 위에
주워 담아

구름은 높디높은 가을이 있는
가을을 향해

둥실둥실 떠올라 여름의 추억들을
나르고 있다

가을바람이 불어오면

가을바람이 불어오면
어색해질 따사로움도
제 빛깔을 다 뽐내고 나면
떠날 채비를 할 것입니다

무더위에 지쳐있던 심신도
그 바람 앞에서는
제풀에 꺾이어
숙연해 질 겁니다

가을바람이 불어오면
그 바람에 실려 떠날 건 떠나고
모든 것이 남아있는 자의
몫이 될 것입니다

그리고 다시

쓸쓸히 남을 나의 고독은
오색 단풍을 떠나 보낸
텅 빈 나무 아래 품었다가
따사로운 봄을 맞을 겁니다

제목 : 겨울바람이 불어오면
시낭송 : 박영애
스마트폰으로 QR 코드를 스캔하면
시낭송을 감상할 수 있습니다.

가을 음악회

강변으로 산책하러 나갔다

코스모스들이
연분홍 분홍 하양으로
예쁘게 화장하고 무대에 섰다

까치는 가로등 끝에 앉아
추임새를 넣고

강물은 바람에 떠밀려
철썩이며 장단을 맞춘다

이름 모를 들풀들도
흐늘거리며 몸을 흔든다

잠자리와 나비는
관객을 동원하고

뉘 집 강아지는
껑충껑충 뛰어다니며
분위기를 고조시킨다

자연들이 제각각
맡은 임무를 다하고
연주가 끝나니
기립박수를 받는다

코스모스도 신이 나서
가냘픈 몸을 흔들며
화답을 한다

사람들은 가을 음악회가
막을 내려도
아쉬운 듯
자릴 떠나지 않는다

해는 이미 산 중턱에 걸려 있다

가을 풍경

대문을 나서니 초봄에 던져두었던
작은 씨앗 하나가 여름내
푸른 잎만 무성하여 제 자리를 고수하더니
숲을 이루고 넝쿨을 이루었다

꽃잎을 뱉어내고 여문 호박 덩이는
키 작은 소나무 따가운 잔가지 위에
자릴 잡고 매달려 서로의
무게를 저울질한다

초록 잎이 무성해진
호주산 벚꽃은 꽃 이파리
먼저 앞세우고 저만 남아
가을의 풍요로움을 즐기려나 보다

때때로 참새가 찾아들어
가을볕을 물어다 놓으면
그 볕에 기대어 따사로움을 만끽한다

문밖만 나서도 가을이 가져다주는
풍요로움과 넉넉한 한가로움에
가슴마저 따뜻해져 온다

가을바람

코끝에 닿은 싸늘한 바람이
떠난 여름에 포근했던 가슴을
그리워지게 한다

가을바람에 화려했던 청춘(青春)
마저 빼앗긴 나뭇잎이 너울거려
여름의 부재를 여실히 드러낸다

가을을 파고드는 찬바람이
여름으로 그을린 속살에
하얀 추억을 새기고 간다

가을바람은 아직 여름을 배웅하지 못한
따스함을 아끼던 뭇 사람의
뜨거운 체온도 벗겨 가고 있다

가을은 가을을 노래한다

따사로운 태양 볕이 옮아가
영글은 열매는 풍요로움에
즐거워 가을을 노래하고

정열로 태운 검붉은 열매들도
알알이 들어찬 탐스러움에
토실한 가을을 노래한다

가을은 산도(産道)를 두 주먹 불끈 쥐고
찾아나온 생명처럼
다 자란 열매를 얻는 탄생의 기쁨이 있고

여름 가뭄과 뜨거운 뙤약볕에도
거뜬히 이겨내어 얻은 풍족함이 있어
가을은 가을을 노래한다

이 가을은

이 가을은
뽀얀 조각구름 사이로
때때로 보이는 햇살에 물이 들어
샛노래진 금빛 은행잎들이 더욱 화사합니다

산들바람에 살랑살랑 흔드는
코스모스의 가냘픈 몸짓은
한층 더 아름다워진 색채로
눈시울이 뜨거울 지경입니다

잔잔한 호수에 갇혀
반짝이며 일렁이는 은빛 물결은
고인 눈물에 초점이 흔들릴 만큼
가슴이 벅찬 아름다운 계절입니다

그리고 이 가을은
높고 높은 파란 하늘을
유유히 흐르는 강물 위에 얹어 보내도
아깝지 않을 여유로운 날들입니다

새벽비 (늦가을)

이웃집 낮은 지붕 위로
뚜벅뚜벅 새벽을 깨우는
비의 발걸음 소리가 들려온다

여름내 달구어져 생동하는
모든 만물의 목마름이
생명의 비로 목을 축였다

황금 들녘에 알알이 맺힌 이삭과
가지 끝에 매달려
무거움을 감당해야 하는 열매들도

물의 무게를 더 하고도
고개는 떨구지 않고
오히려 가벼이 웃어준다

때맞은 가을비의 반가움에
개동(開東)하는 함성이
새벽 비와 섞이어 들려오고 있다

노을

해 질 녘

외딴집 앞마당에
까치밥으로 남겨두었던
늙어버린 바알간 홍시가
내 눈에 들어와 앉아

시야를 흐리게 하던
마알간 눈물은
감빛이 옮겨간 하늘에서
붉은 눈물 되어 흐르고

행복에 겨웠던 하루도
힘에 겨웠던 일상도
노을빛으로
곱게 곱게 수놓아 주었다

가을 산책

머언 산엔 아직
오색단풍이 지기도 전인데

두텁게 깔려있던 낙엽들은
너덜너덜 구멍 뚫린 누더기 되고

은행은 구린내까지 풍겨대며
가을을 밀어내고 있었다

떠나기 싫은 가을은 산들에 알록달록
화려한 빛깔 내 뿜어 유혹해 보려 하지만

때 이른 냉기가 닿아 싸늘해진 가슴으로
끝내 겨울을 맞아주려 하나 보다

가을 애상(愛賞)

가을은 길을 나설 때마다
어제와 다른 색채로 우릴 반깁니다

어제의 하늘보다 더 새파랗고
어제의 하늘보다 더 멀어져 있지요

가을은 어디든 호화로워
우릴 밖으로 끌어내려 합니다

어제의 초록보다 더 짙어서
어제의 단풍보다 더 샛노래져서

가을은 어디든 다채로운 색채로
화려한 배경을 만들어놓습니다

가을은 저마다의 빛깔로
고이고이 수를 놓아줍니다

愛賞(애상) :풍경이나 예술 작품을 사랑하고 칭찬함

가을의 끝자락

어제 내린 비로
붉은 가지가 앙상해진 걸 보니
이젠 떠날 채비를 합니다

이 가을은 우리에게
많은 것들을 내어주고
떠나려 하고 있습니다

여름 무더운 뙤약볕에도
거뜬히 이겨내어 얻은
색색 가지 소담한 열매와

눈부시게 화려했던
오색 단풍잎들과
거리를 떠도는 샛노란 낙엽들

가을을 아름답게 채색한
파란 하늘과 그 빛을 그대로
받아낸 영롱한 바다와

아름답기 그지없는
높은 산을 뒤덮은
가을 풍경화까지도

가을은 자신에게만 주어진
특권을 모두 내려놓고
겨울 속으로 떠나려 합니다

이삭들의 감사 인사

소소히 내리는 빗소리는
가을이 성큼 다가와
가을 문턱을 서성이는 소리

반소매 아래 나온 살갗에
빗방울이 닿아 움칠 놀라는 건
수은주가 하강하고 있음이요

황금 들녘에 노란 몸을 흔들며
하늘하늘 넘실넘실 춤추는
벼 이삭은 감사의 인사라고

하늘에서 부어주시는 단비와
솔솔 부는 건들바람과
여름 뙤약볕의 고마움을

그리그리 이삭들은 고개 숙여
한들한들 춤사위로
감사 인사를 대신한다

가을 배웅

온종일 가을을 배웅하는
가랑비가 소리 없이 내립니다

그 어디에도
가을이 아닌 것이 없습니다

온통 가을 색이고
모두 다 떠나는 것뿐인 듯합니다

차라리 빈 가지가 덜 외로워 보입니다
그 자리에 머물러 주니까요

이렇게 가을은 먼 여행을 떠납니다
삼백예순 날

그리고 그 후

새파랗고 높은 하늘과
푸른 잎사귀 사이로

잘 다녀왔노라
빠끔히 얼굴 내밀 겁니다

4. 겨울

가슴 한 켠 남아있던
봄 그리던 시심(詩心)도

대한(大寒)을 가운데 세워두어
더도 덜도 아니게

딱 그만큼 춥더이다

창 너머 겨울이 스치다

수확이 끝난 논바닥엔
영하에 찬 서리가
하얀 솜이불을
송당송당 시치어 덮고 있다

늙은 할매 소싯적
시집 올 때 해왔던
목화 솜이불처럼
세월이 뜯어낸 자욱이다

군데군데 얼기설기
너덜너덜 숭숭 뚫린 솜 사이로
찬바람이라도 샐 것 같아
등골이 오싹하다

바람 소리

앞마당에 기운 송(松)의 뿌리가
땅을 부여잡으며 지탱하려는 소리

몇 장 남은 꽃잎들이 봄을 버티려
바람과 맞서는 소리

슬피 떠나는 겨울을
달래는 소리

꽃샘바람이
겨울 끝자락을 흔들어

송두리째 뽑아내고서야
봄을 데리고 오려나 보다

겨울 햇살

가을이 떠난 자리를
겨울이 차지하고도
따사로움에 어깨가 펴지고
발걸음이 가벼워져요

창문 사이로 살짝이
비추는 해님은
좁은 틈 사이로
겨울 햇살을 쏟아붓습니다

때아닌 따사로움 임에도
놀란 기색은 오간 데 없고
오히려 받은 햇살을
작은 화초에 나누어 줍니다

심지어 갈색이던 마른풀 사이로
군데군데 어린싹이 피어오르는 건
햇살이 뿌려놓은 사랑을
입은 때문이겠지요

눈이 내리면

발갛게 부어오른 두 볼에
새하얀 눈송이 닿으면
아련한 옛 추억들이 다가와
심장을 흔들어 놓을 거예요

설렘과 두근거림에 이끌리어
애틋했던 추억 속에 잠기면
새록새록 그때가 떠올라
가슴이 요동칠 거예요

새하얀 눈이 소복이 쌓이면
흩어져 있던 그리움들이
눈덩이처럼 커져서 머릿속은 온통
그리움으로 가득 채워질 거예요

딱 그만큼 시리더이다

한겨울의 중앙(中央)에서
좌로도 우로도 치우치지 않게

딱 그만큼 차갑더이다

가슴 한 켠 남아있던
봄 그리던 시심(詩心)도

대한(大寒)을 가운데 세워두어
더도 덜도 아니게

딱 그만큼 춥더이다

칼바람이 몰아치고
강바닥이 허옇게 얼어붙어

딱 그만큼 살을 에더이다

내 가슴에
그리움에 타던 불씨가 남아
심장을 달구고도

딱 그만큼 시리더이다

안갯속으로

희뿌연 안갯속으로
즐비하게 늘어선 차들이
서서히 끌려들어 간다

가을이 남긴 파편들과
계절을 넘나드는 푸른 소나무와
세월이 녹아들어 늙어진 가로수

그리고 그것들을 담고 있는
땅과 하늘도 모두
희뿌연 시간 속에 집어넣었다

안개는 그렇게 잠시
세상의 분주함을
삼켰다가 뱉어 놓았다

낯선 바람

왠지 낯설다
가을이 떠난 자리

몇 잎 남지 않은
외로운 나뭇가지

높지도
파랗지도 않은 하늘

여기저기 나뒹구는
쓰레기 섞인 낙엽

아직 겨울을
맞지 못한
사람들의 옷차림도
온통 낯설다

가을은
우리에게
너무 많은 것을 베풀고
가 버렸다

풍요로움 뒤에는
허전함이 있는 법

애써 아쉬움을 감추고
냉랭해진 계절을
맞이할 준비를 해야겠다

가을의 여운이
가슴을 내리친다

가을을 떠나보낸 겨울비

가을을 떠나보낸 겨울비가
새벽을 흠뻑 적시며
사각사각 내려옵니다

나 아닌 타인에게도
이 비는 분명
가을을 떠나보내는 소리일 겁니다

쉬 놓아주지 못하는 가을을
겨울비가 대신
떼 내어 주려 하나 봅니다

꼭 잡은 그 손을 뿌리치지 못해
마른 낙엽을 앞세워
빗물에 띄워 보내려 겨울비가 내립니다

새벽바람

덜커덕덜커덕 창을 스치는
요란한 바람 소리에

살을 에는 찬바람을
감히 마주할 용기가 없어

우선 코를 막고
창문을 열어젖혔다

어디서부터 시작된 지 모를
그 매서움에 소스라치게 놀라

열었던 창을
슬그머니 닫아버렸다

언제 또다시 찾아와
덜커덕덜커덕 두드릴 텐데

한해의 끝에서

간혹 빈 가지 사이로
가늘게 새어 나온 햇살마저
따스함으로 다가오던 봄

부푼 꿈을 안고 막연한
두려움과 설레는 마음으로
한 해를 설계했었고

무더운 여름 눈 안으로 스미던
쓰라린 땀방울을 씻어내며
한껏 달아오른 열기도 견뎌 내었죠

나뭇가지가 휘도록 빽빽이 들어찬
실과를 수확할 때는 비로소
농부의 입가에도 환한 미소를 머금었고

때마침 온 세상은 오색병풍으로 수 놓였었죠

어느새 찬 서리 내려앉은
논바닥에서부터 냉기가 스며들어
겨울 한복판에 와 있습니다

새벽이 왔음에도 어둠을 걷어내지 못하고
살갗을 애는 듯한 찬바람과
달력 마지막 장에 남은 하루에서

새로 받은 달력의 첫날에
첫발을 내디뎌야 하는 설렘이
한해의 끝에 와있음을 실감 나게 합니다

새벽이슬

새벽을 비추는
영롱함은

긴 밤을 불어대던
거센 바람에도

부서지지 않으려
꼿꼿이 자신을 지켜낸

애처로운
슬픈 몸짓이 있었다

눈사람 앞에서

그대를 기다린 사계절은

봄의 청초함과
여름의 싱그러움과
가을의 성숙함과
겨울의 노련함으로

보석같이 빛나는 수많은 별을 담고
온 세상에 흩뿌려진 백설을 쓸어모아

새하얀 눈이 펑펑 내리는 날
뽀얀 눈길 위에 서 있을 그대를 향해

벅차오르는 감동의 무게로
깊숙이 발자국을 새기며 다가왔노라.

5. 그리고,,,
그리움의 조각들

꽃잎이 비에 닿아
뚝 떨어져
이리저리 나부끼며 나뒹굽니다

나의 그리움도 비가 닿아
뚝 떨어져
정처 없이 떠돌아다닙니다

그리움의 조각들

꽃잎이 비에 닿아
뚝 떨어져
이리저리 나부끼며 나뒹굽니다

나의 그리움도 비가 닿아
뚝 떨어져
정처 없이 떠돌아다닙니다

별들도 봄바람이 닿아
뚝 떨어져
밤바다에 금 물결을 이룹니다

나의 그리움도 별처럼
뚝 떨어져
내 가슴 한구석에서 파문을 일으킵니다

내 그리움의 조각들
새벽안개 너머로
떠날 준비를 하려합니다

가슴속 깊이 고이 묻어 두었던
소중한 추억을 보내 드리죠

내 그리움의 조각들
새벽안개 너머로
떠날 준비를 하려합니다

가슴속 깊이 고이 묻어 두었던
소중한 추억을 보내 드리죠

뚝 떨어져 (원제: 그리움의 조각들)

작사 김민지
작곡 허만성

가수 허만성씨 4집 음반 수록곡

빗소리

후드득후드득후드득

요란한 빗소리에
초록 잎사귀들은 파르르 떨었고
나는 화들짝 놀랐다

새벽이 오는 길을 따라

꽃잎이 마르기 전에
열매가 타는 갈증에 목마르기 전에
강바닥이 하늘을 향해 더는
민낯을 드러내기 전에

그리고
그리움의 흔적이 이제는…
마르기 전에

시끌벅적 요란스레
새벽길을 가르며 달려와 준 빗소리가
참 맑고 선명하게 들린다

꽃이 질 때 이별하지 마세요

꽃이 질 때 이별이 예감되면
견디기 어렵더라도
다시 필 때까지 기다려요

꽃이 활짝 웃으면
아픈 이별이 치유되어
이별하지 않아도 될지 모르잖아요 사랑은 언제나
아름다움으로만 남아야 하니까요

꽃이 질 때 이별이 예감되면
견디기 어렵더라도
다시 필 때까지 기다려요

꽃이 활짝 웃으면
아픈 이별이 치유되어
이별하지 않아도 될지 모르잖아요

사랑은 언제나
아름다움으로만 남아야 하니까요

꽃이 질 때 이별하지 마세요
사랑이 슬픔으로 남을 테니까요

꽃이 질 때 이별하지 마세요
사랑이 아픔이 되면 안되니까요

제목 : 꽃이 질 때 이별하지 마세요
시낭송 : 최명자
스마트폰으로 QR 코드를 스캔하면
시낭송을 감상할 수 있습니다.

꽃이 질 때 이별 하지 마세요

가수 허만성씨 4집 음반 수록곡

29 F(add9)
C(add9)
F(add9)
C(add9)
33 F(add9)
C(add9)
F(add9)
D.S. C(add9)
F(add9)
요
A2
38 C(add9)
F(add9)
C(add9)
F(add9)
꽃 이 질 때 – 이 별 하 지 마 세 요 사 랑 이 – 슬 픔 으 로 남 을 테 니 까 –
42 C(add9)
F(add9)
C(add9)
꽃 이 질 때 – 이 별 하 지 마 세 요 사 랑 이 – 아 픔 이 되 면 안 되 니
Outro
45 F(add9)
C(add9)
F(add9)
C(add9)
F(add9)
C(add9)
– 까 요

고향 통영

꿈에라도 동무랑 손잡고 뒷동산 오르는
길섶에 앉아 누렁소 음매 음매 소리를
주거니 받거니 엇박자를 맞추며 노래하고 싶다

어릴 적 명정동 정당새미 뒷산에 올라가면
입속에서 어기적어기적 풀 뜯어 먹던
동무네 누렁소가 간혹 눈에 아른거린다

지금은 동무들과 앉았던 언덕배기에는
반듯하게 쭉쭉 뻗은 신작로가
내 유년의 추억들을 새까맣게 눌러 버렸다

내 동무랑 피비를 질겅질겅 씹어
단맛을 우려내 동심을 삼키었던
아련하기만 한 그때를 이 밤도 되새김한다

그리운 어머니

파르께한 가지등 아래
함초롬히 다가오는 님의 그림자

내 가슴 아슴아슴해 지더니

이 밤을 다시 헤집어서
잠 못 들게 하는군요

어머니! 오늘은 어디에 계신가요
저 하늘나라에서 온새미로

아등바등 잰걸음 하는 딸
바라보고 계신가요

어머니의 얼굴이 아른거려
시나브로 베갯잇에 그리움이 스밉니다

---

* 가지등:가로등
* 파르께하다:옅지도 짙지도 아니하게 파랗다
* 함초롬하다:젖거나 서려있는 모습이 가지런하고 차분하다
* 아슴아슴:정신이 흐릿하고 몽롱한 모양
* 온새미로:언제나 변함 없이
* 아등바등: 무엇을 이루려고 애쓰거나 우겨대는 모양
* 시나브로:모르는 사이에 조금씩 조금씩

커피 중독

너는 내 안에
나도 네 안에

그윽한 네 향에 이끌리어
시시때때로 너를 찾는다

너의 잔에 입맞춤하면
너의 따사롭던 온기가 내게로 옮겨와

부드러운 유혹이 입속을 맴돌아
온몸에 퍼지면
쓸쓸했던 가슴마저 녹여 내린다

오늘 하루의 고단한 한숨을
너의 잔 속에 밀어 넣어도

너는 그저 겸허히
나의 한숨마저도 보듬는다

너도 내 안에
나도 네 안에

낮과 밤

낮엔
태양이 사람들의 얼굴을 붉게 상기시켜
거짓이 드러나고

밤엔
어둠이라는 검은 누더기로
거짓을 덮는다

한 줄 시 당선작 (동상)

비의 변명

비가 내리면
땅만 적시는 게 아니라
메마른 감성에도
비가 촉촉이 적셔주어

감성에 생기(生氣)가 흐르고
기억 너머 가두어 두었던
추억의 장면 속으로
나를 데려다 놓습니다

어릴 적 바닷가에 앉아
따개비 껍질에다 해초를 찧어
진수성찬을 차리고
소꿉 놀던 추억은

긴 여행을 하고 돌아온
빗방울들이 바다와 만나
반가운 포옹을 하듯, 나도
어느새 그곳으로 가 안깁니다

그리움 너머에 있던
사랑의 멜로디는
빗소리의 선율에 실려 와
더 가까이 들려 옵니다

새벽부터 시작된
감성 비는 그렇게 시시콜콜
변명을 늘어놓으며
종일토록 내리고 있습니다

사랑 레시피

사랑은
달콤 한 큰 술
쌉쌀 한 작은 술 그리고
새콤 한 작은 술을 넣어

기다림의 긴 막대기로 휘휘 저어
뭉게구름처럼 몽글몽글
하얗게 그리움이 피어오르면

사랑을 써내려갈 하얀 종이 위에
고르게 쭉쭉 펴서 발라
추억을 담아 둘 책갈피 속에
차곡차곡 끼워두었다가

사랑할 시간들로 채워지도록 숙성시켜
사랑이 무르익으면 꺼내어
한 닢 베어 물어 그 맛을 음미해 보세요

오래오래 정성이 들어간 사랑은
달콤 쌉쌀 새콤하고도 오묘한 맛

사랑은 무지개 맛이 날 거예요

세월이 흘러도 한결같이
미더운 그런 사랑의 맛

잘 숙성된 사랑은
오랜 시간이 흐르고 난 후에야
그 깊은 맛이 우러나서
비로소 제대로 된 사랑의 맛이 날 것입니다

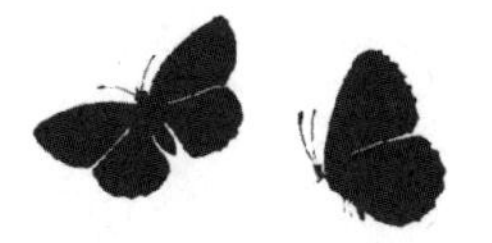

보름달의 배회(徘徊)

긴긴밤 뉘 집 창밖을 서성이며
기웃기웃 어두움만 밝혀놓고
이리저리 배회(徘徊)하는 보름달

가뜩이나 잠 못 이루어
백지 위에 그리움을 썼다 지웠다
상념의 잔 가루를 후후 불어내는데

내방 창에도 어김없이 들어와
미처 지우지 못한 그리움의 흔적을
슬며시 염탐(廉探)하는 보름달

오늘은 또 어느 집 창에 다가가
남의 그리움을 훔치어
저 큰달 속을 채우려는지….

고백

가끔 두려울 때가 있습니다
내 마음은 온통 그대에게 있는데
그대 맘은 어디에 머무는지가 두렵습니다

삶이 팍팍해서 지치다가도
그대가 곁에 있기에 그나마 위로가 되고
내 속의 외로움도 달래줍니다

그대와의 만남이 필연(必然)이고
하늘이 하는 일이라면
그분께 모든 것을 맡기겠습니다

나의 바람이 있다면 내 안에 담은
그대의 크기만큼이라도
그대 안에도 나로 채워졌으면 합니다

진정 그대도 그러한가요

조각구름

몸은 시리지만
맘은 따뜻하니

모처럼 여유를 즐기며
파란 하늘 올려다본다

하늘 아래
떠 있는
조각구름

서로 앞설 것도
뒤설 것도 없이

군데군데
떨어져 노니는
조각구름

인간사와는 다르게
욕심 하나 없어 보이는
허(虛)한 마음들이 둥둥

세상 아래 내려다보고
유람하며 떠다닌다

여유롭고
허(虛)한 마음
닮고 싶다

아날로그 사랑

우리의 사랑은
느림보였다

만남도 느림보
다음을 기약함도 느림보

삐삐로 전해오는
데이트 시각
전화기를 찾아 헤맨다
그것도 느림보다

아날로그는
맞추려 애쓰지 않는다

아날로그는
있는 그대로를 받아들인다

가슴 깊이 사랑의 맘
차곡차곡 쌓여간다

목구멍 끝까지
올라온 사랑 고백
내뱉지 못하니
그것도 느림보다

아날로그 사랑은
켜켜이 쌓여

이십사 시간을
붙어사는
찰떡 부부가 되었다

별을 스친 그리움(별똥별)

어슴푸레 새벽으로 다다를 즈음
밤하늘을 밝히던 별 중 하나가
한 조각 그리움을 뱉었습니다

별을 스친 그리움 한 조각은
설움을 삼키며 힘없이
아래로 떨어져 내립니다

별나라의 아름다운 사랑과
그곳에서의 행복했던 추억은
허공을 가르며 지워버렸습니다

아침이 밝아올 땐
모든 것을 내려놓아
그리움마저 놓아버렸습니다

새벽하늘에서 별똥별 하나가 사선을 그으며 아래로 떨어져 내렸습니다

내게만 머무를 줄 알았죠

종일토록 그대 생각으로 뒤덮여
시침이 삼십육계 줄행랑치고

하루해가 서산으로 달음박질하듯
작별 인사도 없이 뛰쳐 가지만

내 사랑은 내 곁에 머물러 주니
그것으로 행복했었죠

길거리에 즐비한 화단 속에 핀
색색 가지 꽃송이들도 나를 향해 미소 짓고

밤하늘에 피어오른 별조차
내게만 머무른 듯 반짝이었고

속이 여물어 꽉 차오른 보름달도
나만 따라다녀 콧노래가 절로 났었죠

그래서
그 사랑은 내게만 머무를 줄 알았죠

나이를 받아들이자

하나둘씩 늘어나는
흰 머리카락은
이제 더는 새치가 아님을
받아들이자

냉장고 문을 열고
그 안을 한동안 바라보고 서 있는
나의 건망증을 이젠
받아들이자

아이의 옹알이를 말이라며 우겨
천재를 낳았다고
자랑하던 내 아이가
평범한 청년이 돼 있는 걸
보이는 그대로 받아들이자

여기저기 몸 한구석이 아파지고
잔병이 많아진 건
수십 년을 써먹은
내 몸의 절규(絕叫)임을
받아들이자

이마에 인생의 훈장이 생겼고
인생의 깊이를 배웠고
생의 갈림길이 나와도 망설이지 않을
판단력을 얻지 않았던가

인생의 무게만큼
강해지는 나의 믿음이
천국의 열쇠를 갖게 되었으니
최고의 선물이 아닐런가

가슴 타드는 그리운 날엔

가슴 타드는 그리운 날엔
빛바랜 사진 위에 얼굴을 묻어본다

그리움에 애타는 가슴 당신께 전해져
당신 가슴에도 내 뜨거운
그리움의 불씨가 닿을 수 있도록

그땐 내 심장이 하는 말
'보고 싶다고 그리웠다고'
떨리는 심장의 진동으로 전해질 수 있다면

당신에게 전해진 속삭임이 부메랑 되어
'나도 보고 싶다고 그리웠다고'
단 한 번만이라도 들을 수 있다면

먼저 떠난 당신
눈물 나게 그리웠던 날

엄마의 기일 즈음에.

그대는 보이시나요

당신을 향한 그리움에
내 가슴 타들어 검은 잿덩이 되어
쿵
하고 떨어지는데
그대는 타는 내 가슴 보이시나요

당신을 향한 보고픔에
내 눈물 녹아내려 붉은 눈물 되어
뚝
하고 흐르는데
그대는 붉은 내 눈물 보이시나요

당신을 향한 애타는 외로움에
내 심장 미어져
쾅
하고 터지는데
그대는 터진 내 심장 보이시나요

예전에는

예전에는
노란 개나리꽃을 보면
삐악삐악하며 아장아장
걷던 노란 병아리가
떠올랐지요

지금은
꽃송이마다
송골송골 맺혀 있는
그대 얼굴만
있을 뿐입니다

예전에는
밤하늘을 수놓은
총총한 별을 보면
큰 별을 먼저
찾았지요

지금은
밤하늘에 빼곡히
들어찬 별을 보면
총총들이 심겨 있을
그대 얼굴만
찾습니다

똑똑 일어나세요

똑똑 일어나세요~

반짝반짝
송송한 별들로 수 놓은
새까만 이불 덮고
새록새록 잠자고 있던 숲에선

작은 초록 이파리 위에 맺혀있던
영롱한 구슬 빛이 발하여
어둠을 걷어내고
활짝 미소 띤 얼굴로 아침을 여네요

오늘 아침은 따스함이 다가와
한껏 들뜬 바람이
살랑살랑
창문을 흔들며 제게 속삭여요

똑똑 일어나세요~

송송 하다 : 별빛이 맑고 또렷하다

그대의 웃음소리

담장 너머로
그대의 웃음소리가 넘어 올 것만 같아
그곳에서 발걸음을 멈춰 서 봅니다

그대 향한 그리움을 좇아
어느새 이곳까지 와있네요

사랑이 무언지
그대 생각이 미치는 곳까지 오다 보니
맨발이고 맨손입니다

그대에게 줄 것이라곤
가슴에 뿌리박힌 당신을 향한
그리움의 조각들뿐

그것을 드린들
내 사랑이 전해질까요

오늘도 그대의 웃음소리는
담장을 넘지는 못하나 봅니다

그댄 모르시나요

바람에 실려 오는 당신의 향기가
나의 코끝에도 살짝 와 닿았는데
그댄 모른 척하시는 건가요

한낮의 따사로운 햇살에 묻어오는
당신의 따스한 숨결이 내 심장을 스쳤는데
그댄 모른 척하시는 건가요

밤하늘 별들이 내가 전하는 사랑의 시를
그대에게 전했을 텐데
그댄 모른 척하시는 건가요

그댄 모르시나요 모른 척하시는 건가요

기다림

어제는 온종일 비만 왔습니다
그리움은 내리지 않았습니다

오늘은 새벽부터 뚜벅뚜벅
빗소리에 눈을 떴지만

그리움의 발자국 소리는
아니었습니다

날마다 그리움이 시시때때로
내 발목을 붙잡습니다

형체도 향기도 없는
무심無心한 그리움입니다

조금만 사랑할래요

매일 그대 얼굴 떠올라도
내 맘 그대로 인해 아플까 봐
조금만 사랑할래요

매일 그대 꿈꾸어도
그대 맘 나로 인해 아플까 봐
조금만 사랑할래요

매일매일 그대가 그립더라도
그대와 나 사랑 깊어지면
우리 두 가슴 타버릴까 봐

조금만 조금만 사랑할래요

달아

달아 커다란 달아
네가 품었던 내 그리움은
어디에 내려놓았니

저 산 뒤로 흘러간 구름에
매일매일 조금씩 조금씩
쏟아 내고 오는 거니

점점 야위어가는 너를 보니
내 가슴이 미어지는구나

내가 또 누군가를 그리워할까
네가 나 대신 그리움을 앓는구나

흔적

그리움의 잔상이
머문 자리

그리고

그리움의 눈물이
마른자리

잊는다면서

잊는다면서 그게 그리 어려운가요
기억 저편으로 보내고
등 돌려 돌아오면 될 것을
미련스레 부여잡고 있네요

만 갈래 찢긴 내 심장은
흐르는 시간에 던져두어도
세월 가면 다시 뛰어
끓어 오르게 될 것을

뙤약볕에 타들어
목말라 하던 무더위도
때 이른 가을비 한 줄기에
맥없이 스러지듯

불타던 내 사랑도
한줄기 눈물로
씻어 내리면 될 것을
잊는다면서 그게 그리 어려운가요

당신을 볼 수 있나요

당신만 생각하면 왜 이렇게
가슴이 텅 빈 듯 쓸쓸한 걸까요

당신의 하늘과
당신의 땅과
당신의 나라와
당신의 우주와
당신의 별과
당신의 달과

당신의 강까지도 함께
바라볼 수 있는데
왜 이리도 저의 가슴은
텅 빈 듯한 공허함은

사계절을 통틀어
풍요로워진 가을인데도
그것으로도 채워지지 않을까요

당신은 가을을 닮았는데도
가을과 어우러지지 못하고
가을을 겉도는 듯

이 좋은 가을 안에서도
당신을 볼 수 없네요

이 가을도 당신을 남겨 둔 채
이젠 떠나려 하네요

가을이 떠난 자리
덩그러니 남아 있을 당신을

이젠 내가 볼 수 있나요

기도문

하나님 아버지 당신께서
우리를 미소 짓게 하십니다
주님께선 제게 주님의 방법으로 사람을
사랑하는 법을 가르쳐 주셨습니다

뿐만 아니라

하나님을 만나기 전과
하나님을 알게 된 이후의 삶이
완전히 달라졌음을 또 그것이
얼마나 큰 은혜임을

세상과 가까이하면 할수록
하나님의 임재가 더없이 소중하다는 걸
이제는 조금이나마 알 것 같습니다

그러기에 어떤 고난이 와도
주님으로 인해 헤쳐나갈 수 있습니다

언제나 나와 함께하시니
내가 세상의 버림을 받더라도
우리의 편이 되시기 때문입니다

특별히 우리를 택하신 아버지께
무한한 감사와 영광을 돌립니다
올 한 해도 여전히 함께하여 주시옵소서

예수님 이름으로 기도드립니다 아멘

그분께 향하기에

비가 아련한 내 청춘처럼
내달리듯 달려와
내 여려진 가슴에 뿌려대더니

이젠 청춘은 떠밀리고
삶의 무게를 더 얹은
중년의 가슴을 후비어 파고 있다

갈피를 잡지 못하는 상심의 바다에서
돛을 놓지도 펴지도 못하는
망망대해에서

떠밀려 가는 것만 같은 내 삶의 흔적들
중심을 잃고
길을 헤매일 때면

바다보다 더 큰 손으로 나를 안아주시고
위로해 주시는
하늘에 계신 아버지

당신으로 인해
오늘 하루의 버거움도 버텨냅니다
그래서 감사로 주신 생을 이어갑니다

사람이니까 외롭다

소복이 쌓인 하얀 눈 위로
햇살이 스치면 금세 녹아내립니다
그래서 더 외로워집니다

양 볼을 붉게 물들이던 태양이
서산으로 몸을 내던지고
어둠이 밀려와 세상을 뒤덮을 때

내가 믿었던 사람이
떠나고 나를 등질 때
홀로 남은 나는 외롭습니다

하나님을 알지 못하고
세상만 의지할 때
더더욱 그러합니다

사람이니까 외롭습니다

그리움의 조각들

김민지 **제2시집**

초판 1쇄 : 2017년 3월 14일
지 은 이 : 김민지
펴 낸 이 : 김락호
디자인 편집 : 이은희
기 획 : 시사랑음악사랑
인 쇄 : 청룡
연 락 처 : 1899-1341
홈페이지 주소 : www.poemmusic.net
E-Mail : poemarts@hanmail.net

정가 : 10,000원

ISBN : 979-11-86373-63-7